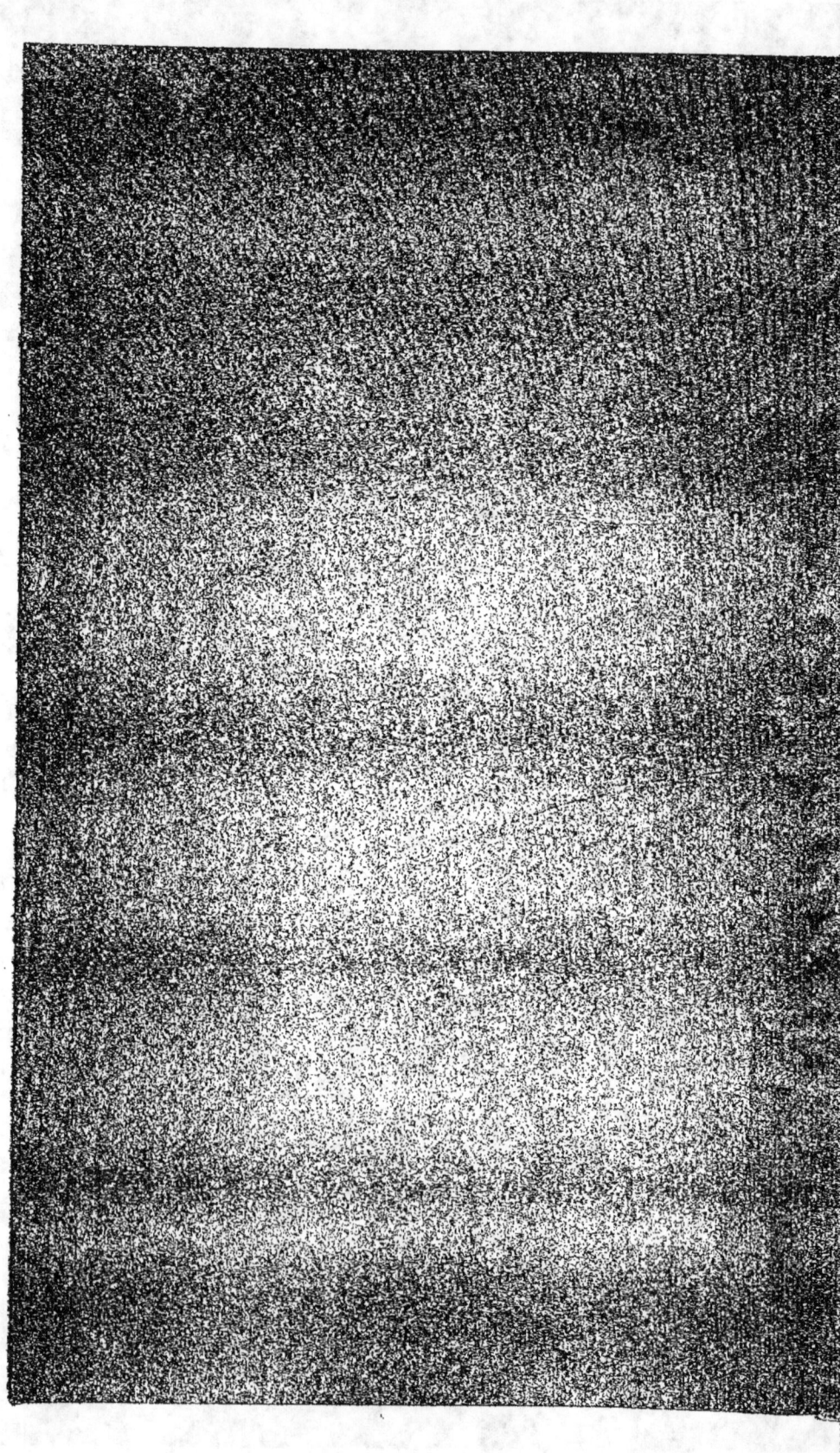

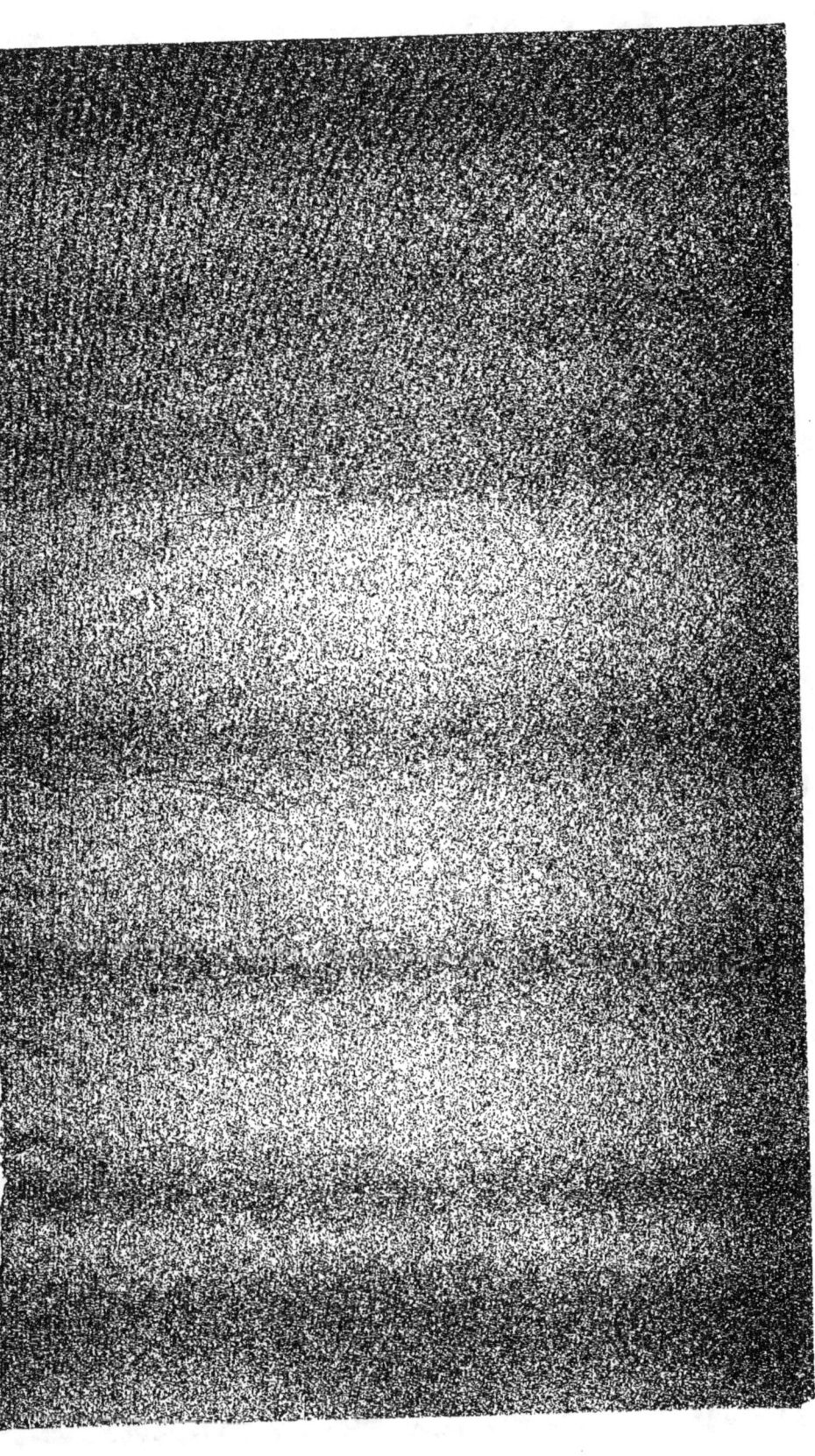

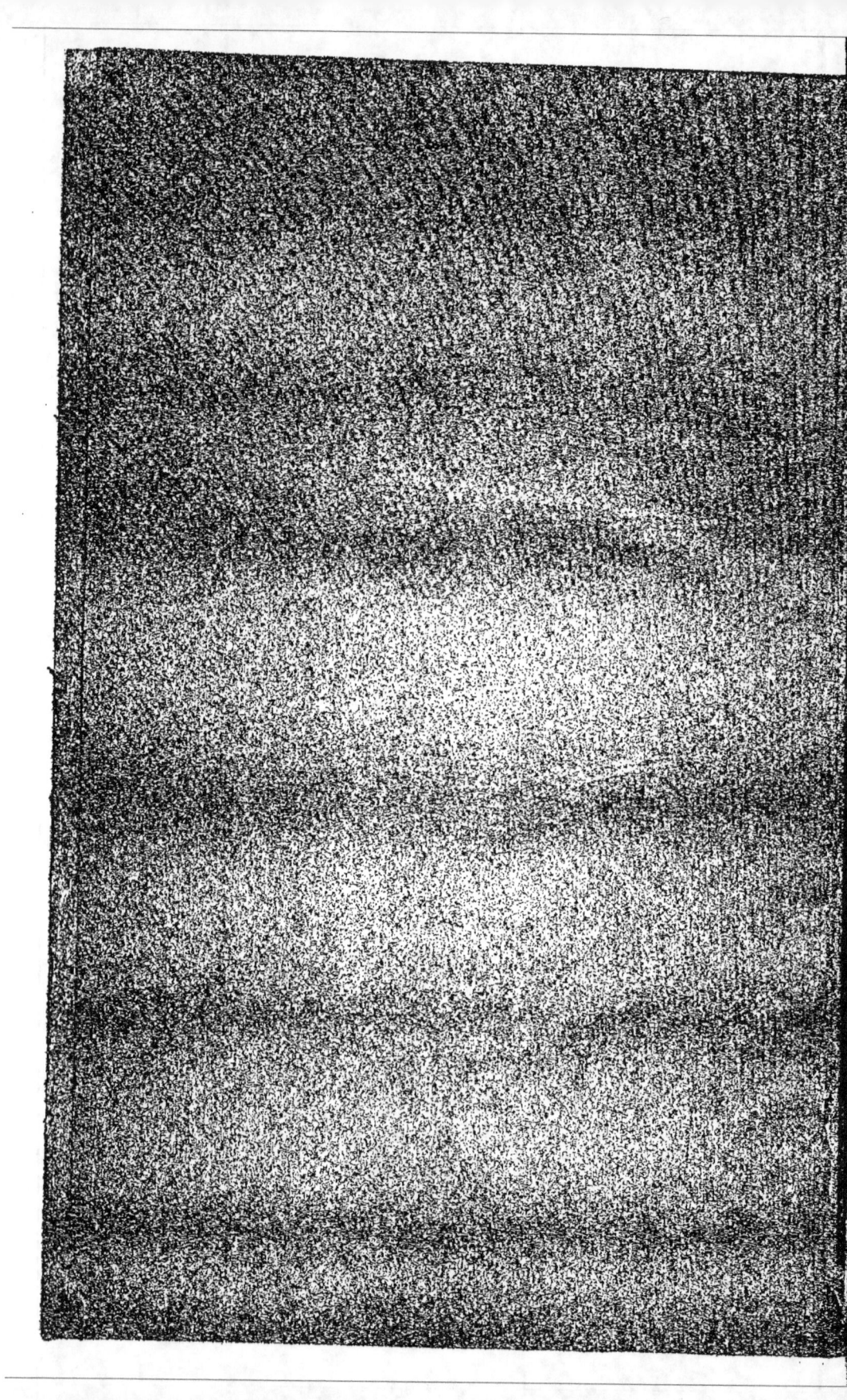

MÉMOIRE

sur

LES CYCLOSTOMES,

par

L. PARTIOT,

Élève-Ingénieur des Ponts et Chaussées

TOULOUSE,

IMPRIMERIE D'AUG. DE LABOUISSE-ROCHEFORT,

Rue des Balances, 13.

1848.

MÉMOIRE SUR LES CYCLOSTOMES.

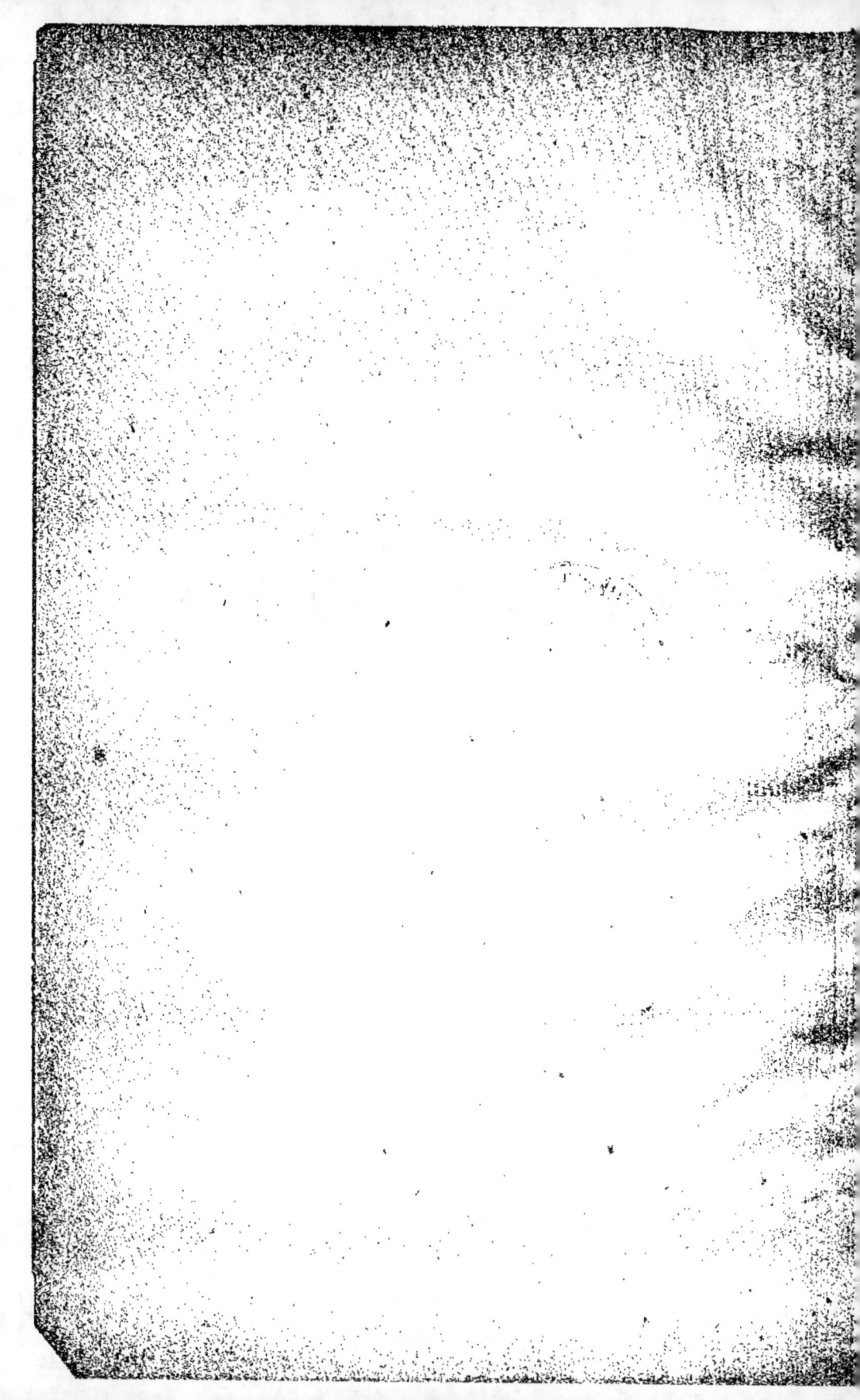

MÉMOIRE

SUR

LES CYCLOSTOMES,

PAR

L. PARTIOT,

Élève-Ingénieur des Ponts et Chaussées.

TOULOUSE.

IMPRIMERIE D'AUG. DE LAROUSSE-ROCHEFORT,

Rue des Balances, 43.

1848.

A

M. MOQUIN-TANDON,

*Professeur à la Faculté des Sciences et au Jardin des
Plantes de Toulouse.*

Témoignage de reconnaissance et de sincère amitié.

L. P.

MÉMOIRE SUR LE GENRE CYCLOSTOME.

PRÉFACE.

J'avais formé le projet, il y a quelques années, de composer une monographie du genre *Cyclostome*. Mon admission à l'école polythecnique vint m'arrêter dans ce travail; les occupations et les études de ma nouvelle carrière, leur nombre et leur nature m'ont tenu et doivent me tenir loin des premiers loisirs de ma jeunesse. Pour cette raison j'abandonnai, l'année dernière, sans réserve, à la faculté des sciences de Toulouse, ma collection de mollusques.

Je retrouve aujourd'hui à Toulouse, les descriptions abrégées des *Cyclostomes* nouveaux qui devaient entrer dans mon travail, ainsi que le catalogue méthodique de toutes les espèces qu'il m'a été possible de voir et d'étudier. J'ai pensé que ces diagnoses et ce catalogue seraient peut-être utiles à la science, ou tout au moins à quelque naturaliste plus habile et plus heureux que moi. Les *Cyclostomes* décrits dans ce mémoire, se trouvent soit dans la collection de M. Moquin-Tandon, soit dans la mienne. Celle-ci est à la faculté des sciences de Toulouse, où l'on peut la consulter pour rectifier les erreurs qui peuvent s'être glissées dans cet opuscule.

Je prie tous les naturalistes qui ont bien voulu m'ouvrir leurs cabinets ou m'aider de leurs conseils, d'agréer l'expression de ma reconnaissance.

Toulouse, le 5 octobre 1848.

L. P.

CONSIDÉRATIONS GÉNÉRALES.

Les Mollusques qui composent le genre *Cyclostome* (*Cyclostoma*) ont été confondus par les anciens auteurs avec les *limaçons à bouche ronde* ou *Turbo*. Linné les rangea partie dans son genre *Turbo*, partie dans son genre *Helix*.

C'est à Lamarck qu'on doit l'établissement du genre *Cyclostome* (1801) (1). Il le caractérise de la manière suivante : Coquille subdiscoïde ou conique, sans côtes longitudinales, et dont le dernier tour est beaucoup plus grand que les autres. Ouverture ronde ou presque ronde; les deux bords réunis circulairement.

Animal (*Cyclostomier*) inconnu.

Ce genre était assez mal conçu; il comprenait des animaux marins, des animaux fluviatiles, et des animaux terrestres. La seule espèce que Lamarck cite comme type, (*Cyclostoma Delphinus*, *Turbo Delphinus* de Linné), est un mollusque marin, tout-à-fait différent de ceux qui composent aujourd'hui le genre *Cyclostome*.

Le célèbre conchyliologiste français proposa bientôt de réunir sous le nom de *Dauphinules* toutes les coquilles

(1) Syst. anim. sans vert. 1re édition. 1801. p. 87.

marines analogues au *Turbo Delphinus*. Ainsi réduit, le genre fut adopté par Draparnaud.

Peu de temps après, Cuvier démontra dans son beau mémoire sur la *Vivipare d'eau douce* (1), qu'on ne pouvait pas laisser dans un même groupe des mollusques respirant par des branchies, et des mollusques respirant par une poche pulmonaire.

Lamarck comprit la portée de cette observation, et dans son grand ouvrage sur les animaux sans vertèbres (2), il établit le genre *Paludine* pour les espèces fluviatiles. Dès-lors le genre *Cyclostome*, borné aux seuls mollusques vivant sur terre et respirant dans l'air, devint un genre parfaitement circonscrit, et fut bientôt admis par tous les conchyliologistes.

Voici maintenant les caractères génériques de ce genre:

Coquille dextre, polymorphe, à tours de spire généralement arrondis, à sommet plus ou moins mamelonné; ouverture ronde, régulière, sans dents; péristome réfléchi ou bordé, ouvert, généralement continu; opercule calcaire ou corné, fermant exactement l'ouverture, présentant une strie spirale.

Animal pourvu de deux tentacules cylindriques, émoussés, oculés à leur base externe; mufle proboscidiforme; poche pulmonaire s'ouvrant au-dessus de la tête; pied petit, placé sous le cou.

(1) Ann. mus. Hist. nat. t. XI, p. 170.
(2) T. 6. part. 2. p. 57 et 142.

Les Cyclostomes sont tous terrestres, ils ne présentent pas comme les *Dauphinules* des épines, des tubercules ou des écailles à la surface de la coquille, ni de couche nacrée à l'intérieur. Ils diffèrent des *Paludines* par leur péristome généralement réfléchi ou bordé, et par leur opercule spiralement strié. Ils s'éloignent surtout de l'un et de l'autre genre par l'absence d'un peigne bronchial.

La coquille des Cyclostomes varie extrêmement. Il y en a de cylindriques et de cylindroïdes comme celles des *Maillots*, d'ovoïdes et de turriculées comme celles des *Bulimes*, de globuleuses et de subdéprimées comme celles des *Hélices*, d'aplaties et de discoïdes comme celles des *Planorbes*. La surface de la coquille est tantôt lisse et plus ou moins luisante, tantôt striée. Les stries sont généralement longitudinales et transversales, se coupant à angle droit et produisant ainsi une sorte de réticulation quelquefois très-élégante. Certaines espèces présentent une ou plusieurs carènes qui tournent avec la coquille. Ces carènes sont aiguës, demi-effacées, ou bien réduites à un fil; il y en a d'entières et d'interrompues; dans une petite espèce de Luçon on y remarque une rangée de cils serrés.

Le péristome est quelquefois presque simple; d'autres fois on y observe un bord large ou un bourrelet épais. Il paraît lisse, onduleux, et très-rarement plissé ou crispé. Dans certaines espèces il se termine à droite et à gauche par une expansion auriculiforme. Il peut aussi n'exister qu'une seule de ces dilatations placée du côté de l'ombilic, soudée avec celui-ci, ou qui lui est superposée sans adhérence. Au bord droit il y a quelquefois une petite échancrure ou bien un prolongement rostriforme creusé en gouttière.

L'opercule tantôt est placé à l'entrée de l'ouverture, tantôt il s'enfonce plus ou moins profondément dans la coquille. Cette pièce est très-épaisse comme dans le *C. sulcatum*, cornée comme dans le *C. obscurum*; très-mince et presque membraneuse comme dans le *C. vitreum*. Un sillon tordu en spirale indique le mode d'accroissement des tours. Cette spire présente un nombre de tours variable. Quelquefois on y remarque en outre des stries qui vont en rayonnant du centre à la circonférence. Dans trois espèces j'ai observé un opercule conico-convexe extérieurement et à tours étagés, lisse intérieurement et creusé en godet. Cette organisation si remarquable, jointe à une petite fente au bord extérieur de la coquille, a engagé M. Trochet à proposer un genre particulier pour l'une de ces espèces.

Lister a publié (1694), une anatomie médiocre du *C. elegans*, dans laquelle il a décrit avec assez d'exactitude l'appareil sexuel mâle.

Une bonne anatomie du même animal a été insérée par M. Berkeley dans le journal zoologique.

M. Moquin-Tandon m'en a montré une autre inédite, encore plus complète.

Les Cyclostomes n'ont ni collier ni cuirasse; ils ne possèdent pas de mâchoire. Leur langue est très-longue; elle porte cinq rangées longitudinales de lamelles crétacées, transparentes, disposées très-régulièrement; elle est mise en mouvement par quatre pièces cartilagineu-

ses, placées horizontalement dans le fond de la cavité
buccale. Ces pièces sont assez fortes, assez dures et
couvertes de petits points rugueux; il y en a deux grandes et deux petites (1).

L'opercule est porté par la partie postérieure et supérieure du pied.

On sait que dans plusieurs espèces, pendant la mar-
che, les deux côtés de ce dernier organe se détachent
du sol l'un après l'autre et s'avancent par un mouvement
oblique qui ne ressemble en rien à la progression des autres gastéropodes.

Ces animaux sont unisexuels et ovipares.

Le genre *Cyclostome* est nombreux en espèces. Aussi
plusieurs auteurs ont-ils cherché à le diviser. Denis de
Montfort a proposé, en 1810, d'en séparer le genre
Cyclophorus; Schumacher, en 1817, le genre *Annularia*;
Hartmann, en 1821, le genre *Pomatias*; et dans ces
dernières années, M. Trochet le genre *Steganotoma*, et
M. Humphrey le genre *Cistula*. Ces genres établis prin-
cipalement sur la forme de la coquille ne me paraissent
pas devoir être conservés. Il suffit de jeter un coup-d'œil
même superficiel sur une collection de *Cyclostomes* un
peu nombreuse, pour reconnaître aussitôt combien sont
insensibles les nuances intermédiaires qui vont des espèces cylindriques aux turriculées, ou des globuleuses
aux planorbiques.

(1) Moq.-Tand. Mém. acad. sciences. Toulouse, t. IV, p. 380.

M. Sowerby (1) a divisé le genre en deux sections :
1º espèces à péristome non réfléchi ; 2º espèces à péristome plus ou moins réfléchi. Cette division, outre l'inconvénient de laisser ensemble un trop grand nombre d'espèces, doit être regardée comme purement artificielle. J'ai cru devoir adopter une autre classification. J'ai employé comme sections les genres signalés plus haut. A l'exemple de M. Moquin-Tandon, j'ai cru devoir regarder comme un *Cyclostome* le *Bulimus lineatus* de Draparnaud, petit mollusque peu connu, dont on a fait tour à tour un *Turbo*, un *Bulime*, une *Auricule*, un *Carychium*, et enfin un genre nouveau (2).

J'avais cru un moment que les opercules me fourniraient d'excellents caractères pour diviser le genre en groupes naturels ; j'ai bientôt reconnu que la nature et l'épaisseur de cette pièce n'offraient aucun rapport nécessaire avec l'organisation de la coquille. Des espèces très voisines présentent indistinctement un opercule soit calcaire, soit corné.

Je divise le genre *Cyclostome* en sept sections, dont voici les caractères :

1º Coquille cylindrique ou cylindroïde ; longueur beaucoup plus grande que la largeur ; opercule aplati ou subaplati : ACME.

2º Coquille turriculée ; longueur beaucoup plus grande que la largeur ; opercule aplati : POMATIAS.

(1) Monograph. Cyclost. p. 91 et 110.
(2) Acme Hartm. 1821. — Pupula Agass. dans Charp. 1837.

3° Coquille ovoïde, un peu ventrue; longueur plus grande que la largeur; opercule aplati : ERICIA.

4° Coquille globuleuse, très-ventrue; longueur égale à la largeur; opercule aplati : GASTRODINA.

5° Coquille subdéprimée; longueur plus courte que la largeur; opercule aplati : CYCLOPHORUS.

6° Coquille aplatie; longueur beaucoup plus courte que la largeur; opercule aplati : ANNULARIA.

7° Coquille aplatie; longueur beaucoup plus courte que la largeur, bord extérieur avec une échancrure relevée en forme de canal, ou une gouttière rostriforme; opercule en godet : STEGANOTOMA.

§ 1. ACME.

Genre Acme Hartm. (1821). — Pupula, Agass. dans Charp. (1837).

Coq. — Cylindrique ou cylindroïde ; longueur beaucoup plus grande que la largeur ; opercule aplati ou subaplati.

* Sommet de la spire, entier.

1. C. FUSCUM. Moq.

Turbo fuscus. Boys et Walk. — Bulimus lineatus. Drap. tabl. — Auricula lineata. Drap. hist. — Carychium Cochlea. Stud. — C. fuscum Flem. — Cyclostoma lineatum Fer. — Acme lineata. Hartm. — Pupula lineata. Charp. —
β. *politum.*
Pupula polita. Hartm.
γ. *Banaticum* Rossm.
C. Banaticum. Parr.

Hab. : l'Europe ; la var. β , l'Allemagne (Hartm.) ; la var. γ, le Banat (Rossm.).

2. C. ANTILLARUM. Sow.

Hab. : Tortola (Sow.).

3. C. CROCEUM. non Wood nec Sow.

Helix crocea. Gmel. — Cyclostoma flavula. Lam. — C. crocea. Desh.

Hab. : Porto-Rico (Lam.; Gratel.) ; Ténériffe (Maugé).

4. C. ALTUM. Sow.

Hab. : l'île de Négros (Cum.).

5. C. TORTUOSUM. Sow.

Turbo tortuosus. Chemn.

Hab. : les îles de Nicobar (Chemn.).

6. C. AURICULATUM. D'Orb.

C. bicolor. Gould.

Hab. : Cuba (D'Orb. et Gould.).

7. C. VITELLINUM.

C. croceum. Sow. non Wood.

Hab. : ....

8. C. WOODI.

C. croceum. Wood non Sow.

Hab. : St.-Yago de Cuba (Gratel.).

9. C. PROTENSE.

C. protensis. Fer.

Hab. : Cuba ?

10. C. IDOLIUM. Fer.

Hab. : l'île de Cuba à la Havanne. (Fer.).

11. C. TORTUM. Gray.

Hab. : l'Inde occidentale (Sow.).

12. C. MINUS. Sow.

Hab. : les îles Zébu et Panay (Cum.).

** *Sommet de la spire tronqué.*

13. C. VENTRICOSUM. D'Orb.

Hab. : l'île de Cuba. (D'Orb.).

14. C. AMOENUM. Moq., inéd.

2

Anim. — Inconnu.

Coq. — Ovale, un peu conique, raccourcie, un peu ventrue, tronquée au sommet, assez épaisse, transparente, très-luisante, subombiliquée ; stries spirales très-fines, également rapprochées : longitudinales remplacées par de très-petites côtes légèrement et également distantes ; suture très-peu profonde ; ouverture droite, médiocrement grande, ovale-oblique ; pointue vers le haut ; péristome continu, épais ; double sur le bord columellaire, un peu évasé, non réfléchi, avancé.

D'un blanc roussâtre, avec quatre petites bandes spirales interrompues, fauves ; péristome opaque, blanc, cette teinte s'étendant un peu sur le dernier tour.

Quatre tours et demi de spire peu convexes, le dernier moins haut que tous les autres réunis.

Hauteur 15^{mm}. — Largeur 10^{mm}.

Operc. — Inconnu.

Hab. ;........ (la collection de M. Moquin).

15. C. SEMILABRE.

C. semilabris. Lam.

Hab. : Cuba (Sow.).

16. C. DISSECTUM. Sow.

Hab. :......

17. C. GRAYI.

C. obscurum. Gray.

Hab. :........

18. C. RETICULATUM.

C. reticulata. Fer.

Hab. :........

19. C. QUATERNATUM. Sow.

C. quaternata. Lam.

Hab. : l'Afrique (Sow.).

20. C. FASCIATUM. Sow.

C. fasciata. Lam. — Helix truncata. Dillw.

Hab. : l'île de St.-Domingue (Lam.).

21. C. ELONGATUM. (Sow.).

Hab. :........

22. C. ROSTELLATUM.

Anim. — Inconnu.

Coq. — Conoïde, légèrement ovale, non carénée, tronquée au sommet, assez épaisse, peu luisante, perforée ; stries spirales apparentes, plus larges vers l'ombilic : longitudinales un peu obliques, très-fines et partout égales, devenant tout à coup profondes près de la suture qui paraît par suite comme crénelée ; suture peu profonde, très-marquée ; ouverture ovale oblique, pointue vers le haut ; péristome continu, guère plus épais que le reste de la coquille, évasé non réfléchi, très-avancé.

Grisâtre, quelquefois légèrement teinté de jaune ; péristome et intérieur du dernier tour blanchâtres.

Quatre tours de spire croissant progressivement ; le dernier moins haut que tous les autres réunis.

Hauteur de 11ᵐᵐ à 15ᵐᵐ. — Largeur de 6ᵐᵐ à 9ᵐᵐ.

Operc. — Inconnu.

Hab. :........

Obs. : l'extrémité du dernier tour se détache de la coquille, de façon que le péristome ne s'appuie pas sur le tour précédent ; la partie supérieure du dernier tour forme une sorte de bec qui surmonte le péristome.

23. C. RUFULUM.

Anim. — Inconnu.

Coq. — Conoïde, un peu ovale et ventrue, non carénée, tronquée, assez épaisse, peu luisante, perforée ; stries spirales assez apparentes et larges, peu profondes, égales, également espacées : longitudinales un peu obliques, plus profondes, assez apparentes, plus marquées sur le dernier tour, laissant entre elles de petites côtes dont quelques-unes s'élèvent beaucoup vers la suture et font paraître la coquille comme papillée ; sutures médiocrement profondes ; ouverture droite, assez petite, ovale, un peu pointue vers le haut ; péristome continu, un peu épais, évasé, non réfléchi, très avancé.

Orange clair, sommet plus foncé, péristome orange foncé intérieurement.

Quatre tours et demi croissant progressivement. Si la coquille était entière elle pourrait avoir huit ou neuf tours de spire.

Hauteur 10^{mm}. — Largeur 5^{mm}.

Hab. : la Guadeloupe ?

24. C. XANTHOSTOMUM.

C. xanthostoma. Sow.

Hab. : la Jamaïque à Savannah la mer (Sow.).

25. C. RUFILABRUM. Beck.

Hab. : Ste.-Croix (D^r. Beck.).

26. C. OBESUM. Sow.

Hab. : Cuba (Pfeiff.).

27. C. PUPIFORME. Sow.

β minus, Sow. fig. 44.

Hab. : .....

28. C. SAGRA. D'Orb.

C. Mahogani. Gould. — C. pictum. Pfeiff. non Sow.

Hab. : l'île de Cuba (D'Orb.).

29. C. AUBEREANUM. D'Orb.

C. crenulatum. Pfeiff. — an C. lineolatum (C. lineolata. Lam.) ex Sow.?

Hab. : l'île de Cuba (D'Orb. et Pfeiff.)..

§ 2. POMATIAS. Menke.

Genre Pomatias. Hartm. (1821). — Cyclostoma sectio Pomatias. Menke (1830).

Coq. — Turriculée ; longueur beaucoup plus grande que la largeur ; opercule aplati.

30. C. CRENULATUM. Gray.

Hab. : les Antilles (Sow.).

31. C. CANDEANUM. D'Orb.

Hab. : l'île de Cuba (D'Orb. et Pfeiff.).

32. C. DECUSSATUM, Menke.

C. decussata. Lam.

Hab. : Porto — Rico (Maugé).

33. C. MACULATUM. Drap. Hist.

C. patulum. *b*, Drap. tabl. — Pomatias Studeri, β. Hartm. — Cyclostoma turricellatum, α majus. Menke.

β. *immaculatum,*

C. immaculatum. Lang. ex Crist. et Jan.

γ. *minus.*

C. turriculatum, *c*, minus. Menke.

Hab. : l'Europe ; la var. β. l'Italie boréale.

34. C. PARTIOTI. Moq. ex. Saint-Simon.

Hab. : les Pyrénées, dans l'intérieur du cirque de Gavarnie (Hautes-Pyrénées).

35. C. AURITUM. Ziegl.

C. excissilabrum. Mhlf.

Hab. : Cattaro en Dalmatie (Rossm.).

36. C. GRACILE. Küster.

Hab. : Almisa en Dalmatie (Küster.).

37. C. SCALARINUM.

Pomatias scalarinum. Villa.

Hab. : la Dalmatie (Sandri).

38. C. PATULUM. Drap.

C. turriculatum. b. Menke.
α. *majus*. Kuster in litt.
C. protractum. Ziegler.
γ. *adspersum*.
C. adspersum. Phil.

Hab. : l'Europe.

39. C. OBSCURUM. Drap.

β. *Vergnesianum*.
C. Vergnesianom. Charp. ined.
γ. *decollatum*.
C. decollatum. Braun ined.
δ. *striolatum*.
Pomatias striolatum. Porro.
ε. *apricum*.
C. apricum. Mousson. ined.
ζ. *fimbriatum*.
C. fimbriatum. Held.

Hab. : l'Europe ; les var. β et γ les Pyrénées ; la var. δ Gênes; la var. ε la grande Chartreuse (Isère), et la var. ζ Trieste.

40. C. CINERASCENS. Rossm.

Hab. : la Dalmatie (Rossm.).

41. C. TESSELLATUM M. R. B. ex Rossm.

C. conspersum. Rossm. olim ex Parreyss.

Hab. : Corfou (Rossm.).

42. C. RUGULOSUM Pfeiff.

Cistula scabrosa. Humphrey ex Sow.

Hab. : les îles de la Providence et de Cuba (Sow.).

43. C. ARTICULATUM. Sow.

Hab. : Demerara. (Sow.).

44. C. BULIMOIDES. Math.

Hab. : fossile des terreins lignites du Var.

45. C. CRASSILABRUM.

C. crassilabra. Math.

Hab. : fossile de Vaucluse.

46. C. PUMILIO.

Anim. — Inconnu.

Coq. — Conique, non carénée, aiguë au sommet très peu épaisse, un peu luisante, étroitement perforée, le dernier tour inférieurement subaplati; stries spirales nulles; longitudinales peu apparentes, inégalement espacées, droites; suture peu profonde; ouverture un peu oblique, médiocrement ronde, pointue vers le haut; péristome continu, simple, évasé non-réfléchi, non avancé.

D'un brun légèrement verdâtre corrodé au sommet; péristome blanc.

Sept tours de spire légèrement convexes, le dernier beaucoup moins haut que tous les autres réunis.

Hauteur, 7mm. — Largeur 3mm.

Operc. — Inconnu.

Hab. :..... (ma collection).

47. C. SAULIÆ. Sow.

Hab. : les Indes occidentales (Sow.).

48. C. CHLOROSTOMA. Sow.

Hab. : Demerara (Bainbridge).

49, C. Fascia, Gray.

Hab. : les Indes occidentales. Sow.

§ 3. ERICIA.

Genre cistula (partim), Humphrey ined. ex Sow. — Genre Cyclostoma : sectio Ericia. Moq. ined.

Coq. — Ovoïde, un peu ventrue ; longueur plus grande que la largeur ; opercule aplati.

50. C. PALUDINELLA.

Anim. — Inconnu.

Coq. — Conoïde, assez ventrue, non carénée, à sommet aigu, peu épaisse, luisante, perforée ; stries spirales nulles : longitudinales peu apparentes, extrêmement fines, presque droites, également rapprochées ; suture peu marquée ; ouverture um peu oblique, pointue vers le haut ; péristome discontinu, peu épais, ni évasé ni réfléchi, bord columellaire seul un peu réfléchi.

Rouge-brun, péristome blanchâtre.

Six tours de spire aplatis, le dernier moins haut que tous les autres réunis.

Hauteur de 7^{mm}, à 8^{mm}. — Largeur de 4^{mm}, à 5^{mm}.

Operc. — Inconnu.

B. corneum.

Hab. :..... (ma collection).

Obs. : le plan de l'ouverture passe par l'axe de la coquille.

51. C. AURANTIACUM.

C. aurantiaca Desh.

52. C. RUBENS, Quoy et Guaim.

Hab. : l'île de France à la montagne du Pouce (Quoy).

53. C. AURANTIUM. Gray.

C. aurantiacum. Sow.

Hab. :......

54. C. AQUENSE.

C. Aquensis , Math.

Hab. : fossile du terrein à Gypse des environs d'Eguille près des Figons.

55. C. MICROSTOMUM.

C. microstoma , Desh.

Hab. : fossile de Liviliers , Valmondois , (Desh.).

56. C. MUMIA , Lam.

Hab. : fossile de Grignon et de Vannes (Lam.).

57. C. ALBUM. Sow.

Hab. :......

58. C. MAMILLARE.

C. mamillaris. Lam. — C. Voltzianum. Mich.

Hab. : l'Algérie (Mich.) ; Alicante (Webb.).

59. C. FERRUGINEUM. Sow.

C. ferruginea Lam. — C. productum, Turt.

β. *subrubicundum*. Moq. ined.

γ. *pallidum* Moq. ined.

Hab. : l'Espagne (Sow.); les îles Baléares.

60. C. DRAPARNAUDII , Math.

Hab. : fossile des environs d'Aix (Marcel de Serres).

61. C. MELITENSE. Sow.

Hab. : Malte (Sow.).

62. C. PETREI. D'Orb.

Hab. : l'île de Cuba (D'Orb.).

63. C. TENELLUM. Sow.

Hab. .....

64. C. CHEMNITZII. Gray.

Hab. : l'Afrique méridionale (Sow.).

65. C. VIRGATUM. Sow.

Hab. ....

66. EROSUM.

C. erosa, Quoy et Gaim.

Hab. : l'île de Guan, l'une des Marianes (Quoy).

67. C. PICTUM. Sow. non Pfeiff.

Cistula picta. Humphr. ex Sow.

Hab. : la Jamaïque (Sow.).

68. C. SIMILE. Gray non Drap.

Hab. : les îles de la Méditerranée (Sow.).

69. C. PUDICUM. D'orb.

Hab. : l'île de Cuba (D'Orb.).

70. C. SERRESIANUM.

C. Serriana, Math. texte. — C. Serresiana, Math. fig.

Hab. : fossile de Rognes.

71 C. SULCATUM. Drap. Hist.

C. elegans c Drap. tabl. — C. affinis Risso non Sow. — C. Siculum Sow.

β. coloratum, Moq. ined.

C. coloratum. Ziegl.

γ luteścens. Moq. ined.

δ. phaleratum. Moq. ined.

C. phaleratum. Ziegl.

ε. reticulatum. Moq. ined

C. reticulatum. Ziegl.

Hab. : les pays voisins de la Méditerranée.

72. UNDULATUM. Sow.

Hab. : le Bengale (Sow.).

73. C. ELEGANS. Drap.

Nerita elegans. Müller. — Turbo elegans, Gmel. — Turbo striatus, Dacost. — T. reflexus, Olivi.

β *ornatum*. Moq. ined.

C. elegans var. γ. Drap.

γ. *maculosum*. Moq. ined.

C. elegans var. β. Drap.

δ. *pallidum*. Moq.

ε. *violaceum*. Desmoul.

ζ. *ochroleucum*. Desmoul.

C. elegans var. corneum. Reyniès.

η. *albescens*. Desmoul.

θ. *saputus*.

C. saputus, Mauduyt.

ι. *minus*.

Hab. : l'Europe ; les variétés β, γ, δ, ε, ζ, η, les rives de la Garonne ; la var θ, à la Vergne (Vienne), la var. ι. Marseille.

74. C. BRONGNIARDIANUM.

C. elegans-antiquum Brong.

Hab. : fossile à Fontainebleau. — Cette espèce doit-elle être conservée ?

75. C. INFLATUM.

C. inflata, Desh.

Hab. : fossile à Maulette près Houdan (Desh.).

76. MARMOREUM, Brown.

Hab. : Edimbourg (Gerarde).

77. C. CINCINNUS. Sow.

Hab. .... (la collection de M. Cuming).

78. C. BANKSIANUM. Sow.

Hab. : la Jamaïque (Sow.).

79. C. LABEO. Lam.

Nerita Labeo. Muller. — Turbo Labeo et dubius. Gmel.

Hab. : la Jamaïque (Lam.).

80. C. SUBASPERUM. Lister.

Cistula decussata. Humphrey. ined.

Hab. : les Indes orientales (Sow.).

81. C. CHRYSOSTOMUM.

C. chrysostoma. Fer.

Hab. : l'île de France (M. N. P.).

82. C. Cat. de Cum. n° 7.

Hab. : ....

83. C. PULVESCENS. Sow.

Hab. : Madagascar (Petit).

84. C. GOUDOTIANUM. Fer.

Hab. : Natal (Dr Krauss).

85 C. MULTIFASCIATUM.

C. multifasciata, Gratel.

Hab. : Madagascar (Duisabo).

86. C. DUNALIANUM. Moq. ined.

Anim. — Inconnu.

Coq. — Trochiforme allongée, fort ventrue, non carénée, pointue, assez épaisse, glabre, ombiliquée ; stries spirales apparentes, fines, devenant progressivement plus grandes vers l'ombilic, plus marquées vers le sommet de la coquille : longitudinales presque nulles ; suture médiocrement profonde ; ouverture un peu oblique, grande, ronde, un peu aigue vers le haut ; péristome subcontinu, subépais, très-évasé, très-réfléchi, un peu convexe en dehors, ayant le bord extérieur et inférieur très-larges, et le bord columellaire très-mince hormis près de l'ombilic.

Jaune, sommet noir, avec une bande brune et plusieurs lignes de la même couleur sur le dernier tour ; péristome blanchâtre, intérieurement couleur de rouille.

Six tours de spire très-convexes, le dernier presque aussi haut que tous les autres réunis.

Hauteur 26ᵐᵐ. — Largeur 28ᵐᵐ.

Operc. — Inconnu.

Hab. : Madagascar.

87. C. BICARINATUM. Sow.

Hab. : l'Inde (A. Delessert) ; Madagascar.

88. C. RECLUZIANUM.

Anim. — Inconnu.

Coq. — Trochiforme-conique, très-ventrue, tours croissant très-rapidement, à deux carènes aiguës, médiocrement épaisse, un peu luisante, étroitement ombiliquée ; stries spirales apparentes en dessus de la coquille, presque effacées sous le dernier tour et se transformant en sillons autour de l'ombilic : longitudinales peu apparentes, très-fines, obliques, également rapprochées ; suture très-profonde ; ouverture presque ronde, à peine pointue vers le haut ; péristome subcontinu, évasé, réfléchi, à bord columellaire plus étroit et rebordé.

Jaune clair ; sommet fauve peu foncé, second et troisième tour roussâtres ; une bande brune peu apparente entre les deux carènes, et plusieurs autres autour de l'ombilic ; une bande brune bien marquée au dessous de la carène inférieure ; intérieur du dernier tour fauve avec huit bandes brunes bien marquées. Carènes blanches ; péristome blanc lustré avec le bord columellaire d'un rouge orangé, cette couleur pénétrant dans l'intérieur de la coquille.

Cinq tours et demi de spire très-convexes, le dernier aussi haut que tous les autres réunis.

Hauteur 30ᵐᵐ. Largeur 28ᵐᵐ.

Hab. :...... (ma collection).

Obs. : Le sommet est lisse; la partie supérieure du bord columellaire du péristome, s'évase et recouvre en partie l'ombilic, les deux carènes sont égales, l'inférieur suit la suture et la carène supérieure les différens tours de la spire.

89. C. Michaudii. Gratel.

Hab. : Madagascar (Duisabo).

90. C. nexum.

Turbo ligatus Wood. — Cyclostoma affine, Sow. non Risso.

Hab. : Madagascar

91. C. ligatum. Sow.

C. ligata, Lam.

Hab. :......

92. C. catenatum.

Anim. — Inconnu.

Coq. — Conique-ovale, assez ventrue, non carénée, aigue, épaisse mais très-translucide, luisante; stries spirales très-apparentes, très-égales, profondes, également rapprochées : longitudinales remplacées par de petites côtes peu apparentes et très-espacées, un peu obliques; suture profonde; ouverture presque droite, médiocrement ronde, peu pointue vers le haut; péristome double, l'intérieur continu, assez épais, peu ou point évasé, l'extérieur réfléchi et mince.

Jaune corné, avec plusieurs lignes spirales formées de points d'un brun roux, des lignes de même couleur rayonnant de la suture et s'étendant jusqu'à la première des séries spirales de points; sommet jaunâtre; péristome blanchâtre.

Cinq tours de spire très-convexes, le dernier aussi haut que tous les autres réunis.

Hauteur 11mm. —Largeur de 9mm. à 10mm.

Operc. — Inconnu.

Hab. :........ (ma collection).

Obs. : Les lignes spirales de points et même les stries sont visibles par l'ouverture de la coquille ; les points qui forment les premières sont disposés sur le prolongement des lignes qui rayonnent des sutures.

93. C. LIGATULUM.

C. ligatula. Gratel.

Hab. : Madagascar (Duisabo).

94. C. CASTANEUM.

Anim. — Inconnu.

Coq. — Conique, très-ventrue, non carénée, épaisse, luisante, perforée ; stries spirales nulles sur le dernier tour, apparentes, égales et fines sur les deux avant-derniers : longitudinales très-marquées, très-fines, inégales et serrées ; suture très-profonde ; ouverture irrégulière, un peu oblique, petite comparativement au dernier tour, ronde, à peine pointue vers le haut ; péristome subcontinu, pas plus épais que le reste de la coquille , évasé non réfléchi, non avancé ; un repli subit du péristome couvrant l'ouverture de l'ombilic.

Marron rouge un peu clair, avec une grande quantité de lignes blanches spirales sur le dernier tour. Péristome blanc ; les premiers tours unicolores.

Cinq tours de spire convexes, croissant rapidement : le dernier moins haut que tous les autres réunis.

Hauteur 17mm. — Largeur 16mm.

Operc. — Inconnu.

Hab. :...... (la collection de M, Moquin).

95. C. RANGII. Fer. ex Pot. et Mich.

Hab. : Madagascar.

96. C. ACUMINATUM. Sow.

Hab. : l'île de Luçon à St.-Juan (Cum.).

97. C. ATRICAPILLUM. Sow.

Hab. : les îles Philippines (Smith) ; Mindoro , à Puerto-Ga-lero (Cum.).

98. C. TENUE. Sow.

C. modestum Fer.

Hab. : l'Afrique (Gray).

99. C. MINUTISSIMUM. —? Zool. proc.

Hab. : l'île de Pitcairn (Cum.).

100. C.   cat. de Cum. 38.

Hab. :.......

101. C. LEMANI. Gratel.

Hab. : fossile de Dax.

102. C. LUCIDUM. Lowe.

Hab. : Madère (Lowe.).

103. C. SUCCINEUM. — ? Zool. proc.

Hab. : Opara (Cum.).

104. C. CANARIENSE. D'Orb.

C. lœvigatum Webb et Berth. non Menke.

Hab. : Ténériffe (Webb.).

105. C. PHILIPPI. Gratel.

Hab. : Madagascar (Duisabo).

106. C. PHILIPPINARUM. Sow.

Hab. : les îles Philippines (Cum.); Luçon (Smith.).

107. C. TYSANORAPHE. Sow.

Hab. : Demerara et les Antilles (Sow.).

108. C. MIRABILE. Gray. in Wood.

Hab. : Demerara (Bainbridge).

109. C. LINCINUM. Sow.

Turbo Lincina. Linn.

Hab. : la Jamaïque (Linn.).

110. C. SCABRICULUM. Sow.

Hab. : la Jamaïque (Sow.).

111. C. INTERRUPTUM. Sow.

C. interrupta. Lam.

Hab. ....

112. C. LATILABRUM. D'Orb.

Hab. ....

§ 4. GASTRODINA.

Coq. — Globuleuse , très-ventrue ; longueur égale à la largeur ; opercule aplati.

113. C. FIMBRIATULUM. Sow.

Hab. : la Jamaïque (Sow.).

114. C. PULCHRUM. Gray.

Hab. : la Jamaïque (Sow.).

115. C. ICTERICUM. Sow.

Hab. ....

116. C. PULCHELLUM. Sow.

Hab. ....

117. C. GLAUCUM. Sow.

Hab. ....

118. C. FLEXILABRUM. Sow.

β. pallidum.

Hab. : Madagascar (Powis).

3

119. C. UNIFASCIATUM. Sow.

Hab. : Madagascar (Sow.).

120. C. POIRETIANUM.

Anim. — Inconnu.

Coq. — Conique très-ventrue, non carénée, assez aiguë, très-épaisse, peu luisante, étroitement ombiliquée ; stries spirales très-apparentes et profondes, généralement égales et régulièrement espacées, plus prononcées et plus écartées vers la suture et l'ombilic : longitudinales nulles ou presque nulles ; suture profonde ; ouverture droite, presque ronde, un peu pointue vers le haut ; péristome subcontinu, peu épais, légèrement évasé, non réfléchi, ayant le bord extérieur avancé et sinueux.

Jaune-roux clair ou jaune-brun clair ; intérieur du dernier tour d'un jaune orangé ; péristome blanc.

Quatre tours et demi de spire assez convexes, le dernier plus haut que tous les autres réunis.

Hauteur 13mm. — Largeur 13mm.

Operc. — Aplati, épais, calcaire, plus ou moins enfoncé dans la coquille, à trois ou quatre tours de spire bien marqués ; au centre est une impression circulaire.

β. *vittatum.*

Hab. : .... (ma collection).

Obs. : la sinuosité du bord extérieur rappelle celle du *C. flexilabrum. Sow.,* quoique bien moins prononcée.

121. C. ATRAMENTARIUM. Sow.

Hab. : ......

122. C. BRARDIANUM.

Anim. — Inconnu.

Coq. — Conique, ventrue, non carénée, un peu aiguë, étroitement ombiliquée, le dernier tour plus bombé que les précédents ; stries spirales apparentes, nulles sous le dernier tour, également rapprochées : longitudinales peu apparentes, hormis vers l'ouverture ; sutures peu profondes, excepté celle du dernier tour ; ouverture petite, presque ronde ; à peine bombée vers le haut ; située dans un plan oblique à l'axe columellaire ; péristome simple, subcontinu, peu évasé, point réfléchi.

Cinq tours et demi de spire, le dernier très-convexe et moins haut que tous les autres réunis.

Hauteur 11ᵐᵐ. — Largeur 11ᵐᵐ.

Operc. — Inconnu.

Hab. : ... (ma collection).

Obs. — l'ombilic est entouré d'une suture saillante, mais peu aiguë ; les premiers tours sont presque lisses. Je n'ai en cette coquille que fruste ; et je n'en ai pu voir la couleur ; elle paraît unicolore.

123. C. ASTIERIANUM. Moq. inéd.

C. helicoïde. Sow. non Gratel.

Hab. : l'île de Bohol (Cum.).

124. C. LISTERI. Gray.

Hab. : l'île Maurice (Sow.).

125. C. COSTULATUM. Ziegl.

C. sulcatum. Oliv. non Drap.

Hab. : Méhadia en Banat (Olivier).

126. C. LUTULENTUM.

C. spurcum. Sow. non Gratel.

Hab. : .... (la collection de M. Cum.).

127. C. PYGMÆUM. Sow.

Hab. : la Nouvelle-Irlande (Hinds).

128. C. FLAVUM. Bord.

Hab. : l'île de Chain (Cum.).

129. C. FIMBRIATUM.

C. fimbriata. Lam.

Hab. : la Nouvelle-Hollande (Labillardière).

130. C. MUTILABRE.

C. mutilabris. Lam.

Hab. : la Nouvelle-Hollande (Labillardière).

131. C. MASSENÆ. Coll. Dupont.

Hab. :........

132. C. GIBBUM. Fer. non Drap.

Hab. : la Cochinchine dans les grottes de Touranne (Fer.).

133. C. PELLUCIDUM.

C. pellucida. Gratel.

Hab. : Manille et les îles Malaises (Gratel.).

134. C. CITRINUM. Sow.

Hab. :..........

135. C. PYROSTOMA. Sow.

Hab. :........ (la collection de Miss Saul).

136. C. OBSOLETUM. Sow.

C. obsoleta. Lam. — C. Madagascariense Gray.

β. modestum.

C. obsoletum, var. Sow. fig. 125.

γ. marmoreum.

C. obsoleta, var. marmorea. Gratel.

Hab. : Madagascar (Lam.).

137. C. BADIUM.

Anim. — Inconnu.

Coq. — Trochiforme-conique, très-ventrue, non carénée, assez aigue, très-épaisse, un peu luisante, très-étroitement

ombiliquée; stries spirales peu apparentes, nulles sous la coquille
et près de la suture, égales, larges : longitudinales très-apparentes, fines, plus marquées autour de l'ombilic, un peu obliques; sutures profondes; ouverture ronde, à peine aigue vers
le haut; péristome subcontinu, médiocrement épais, peu évasé,
réfléchi et un peu rebordé, la partie supérieure externe se prolongeant un peu sur le dernier tour, et par suite plus avancée
que le reste du péristome.

D'un blanc grisâtre, avec une ou deux bandes brunes plus ou
moins marquées, intérieur du dernier tour marron ; péristome
d'un rouge brun orangé.

Cinq tours et demi de spire très-convexes, le dernier plus
haut que tous les autres réunis.

Hauteur de 24mm à 26mm. — Largeur de 23mm à 27mm.

Operc. — Epais, calcaire, blanchâtre, présentant quatre à
cinq tours bien marqués, enfoncé dans la coquille.

Hab. : Mayotte.

Obs. : la bande brune supérieure, quand elle existe, suit les
avant derniers tours ; le sommet est fauve ou blanchâtre.

138. C. Harveyanum. Sow.
Hab. :........

139. C. hæmastomum.
C. hæmastoma. Gratel.
Hab. : Madagascar (Duisabo).

140. C. punctatum.
C. punctata. Gratel.
Hab. : Ceylan (Gratel.).

141. C. zebrum.
C. zebra. Gratel.
Hab. : les Grandes-Indes (Gratel).

142. C. AUGOSUM. Sow.

C. rugosum Lam.

Hab. : Ile de la Trinité (Sow.)

143. C. ASPERUM. For.

Hab. : Madagascar.

144. C. CALCAREUM. Sow.

C. sulcata Lam.

Hab. .....

145. C. GERVAISIANUM.

Anim. — Inconnu.

Coq. — Trochiforme-conique, très-ventrue, présentant une carène très-peu saillante, pointue, épaisse, glabre, étroitement ombiliquée ; stries spirales apparentes, devenant progressivement beaucoup plus profondes autour de l'ombilic, assez larges et également espacées, plus marquées vers le sommet de la coquille ; longitudinales peu apparentes, très-fines et serrées, un peu plus marquées près de la suture ; celle-ci profonde ; ouverture presque ronde, un peu aigue vers le haut ; péristome subcontinu, évasé, réfléchi, plus étroit à la partie inférieure du bord columellaire.

D'un gris brunâtre, avec plusieurs lignes brunes, dont quelques-unes s'étendent sur les premiers tours ; carène blanche ; intérieur du dernier tour brun, cette couleur s'étendant un peu sur le péristome qui est blanc.

Cinq tours et demi de spire très-convexes, le dernier plus haut que tous les autres réunis.

Hauteur 30mm. — Largeur 30mm.

Operc. — Inconnu.

Hab. : Madagascar.

146. C. DUISABONIS. Gratel.

Hab. : Madagascar (Duisabo).

147. C. COMBARINATUM. Sow.

C. combarinata, Lam.

C. Sowerbyanum (Sow. fig. 119).

Hab. : Madagascar (Lam.).

148. C. REYNIESIANUM.

Anim. — Inconnu.

Coq. — Trochiforme, très-ventrue, munie de deux carènes saillantes et aiguës, pointue, assez épaisse, assez largement ombiliquée ; stries spirales apparentes en dessus, presque effacées vers le milieu des deux derniers tours, plus apparentes en dessous du dernier tour, et se convertissant tout à coup en de véritables sillons autour de l'ombilic : longitudinales très-fines et très-serrées ; suture médiocrement profonde ; ouverture un peu oblique, grande, ronde, à peine aiguë vers le haut ; péristome subcontinu, simple, subépais, très-évasé, un peu réfléchi, aplati en dehors, non avancé.

Marron-clair recouvert d'une teinte blanchâtre ; les carènes, les sillons qui sont autour de l'ombilic, le dessus du dernier tour et le péristome blancs ; les premiers tours d'un blanc jaunâtre, l'intérieur du dernier d'une couleur marron foncé.

Six tours de spire convexes, le dernier plus haut que tous les autres réunis.

Hauteur 36ᵐᵐ. — Largeur 36ᵐᵐ.

Operc. — Inconnu.

Hab. :...... (la collection de M. Moquin).

Obs. : les premiers tours sont lisses, les deux carènes blanches, saillantes ; l'inférieure est plus aiguë que l'autre qui suit presque tous les tours de la spire.

149. C. CINCTUM. Sow.

Hab. : les Indes orientales (Sow.).

150. C. CARINATUM. Sow. non Oliv.

Turbo carinatus. Born. — Cyclostoma carinata. Lam.

Hab. : Madagascar (Desh.).

151. C. TRICARINATUM. Sow.

Helix tricarinata. Müll. — Cyclostoma tricarinata. Lam.

Hab. : l'Inde (Sow.).

152. C. CARINULATUM.

Anim. — Inconnu.

Coq. — Trochiforme-conique, ventrue, avec trois carènes peu prononcées, obtuse, épaisse, glabre, non luisante, étroitement ombiliquée; stries spirales nulles : longitudinales assez peu apparentes, partout également visibles, assez inégales, très-fines, serrées; suture peu profonde; ouverture peu avancée, médiocrement grande, légèrement oblique, ovale-oblique par suite d'une dépression supérieure; péristome continu, double, subépais, non évasé, réfléchi auprès de l'ombilic, aminci vers le bord extérieur et inférieur.

Brune avec des flammes d'un jaune foncé, irrégulièrement obliques; péristome intérieurement rose, presque blanc vers le bord extérieur.

Cinq tours et demi de spire convexes, le dernier moins haut que tous les autres réunis.

Hauteur 32mm. — Largeur 35mm.

Operc. — Inconnu.

Hab. :.......... (ma collection).

Obs. : le péristome intérieur est seul continu. Le péristome extérieur ne se détache du précédent que vers le bord inférieur, et s'en éloigne irrégulièrement; il se réfléchit subitement auprès de l'ombilic, dont il cache l'ouverture.

153. C. TIGRINUM. Sow.

β. *albopictum.*

γ. *erythrostomum* (Sow. fig. 203).

δ. *minus* (Sow. fig. 204).

Hab. : les îles Philippines (Sow.).

154. C. VOLVULUS. Sow.

Helix Volvulus. Müll. — Cyclostoma Volvulus. Lam. (partim). — C. lœvigatum. Menke non Webb.

β. *elongatum.*

C. Volvulus. Lam. var. b. elongata. Gratel.

Hab. : Pulo-Condore (Banks).

155. C. INDICUM.

C. Indica. Desh.

Hab. : l'île d'Eléphanta près de Bombay (Desh.).

156. C. NATICOIDE. Recluz.

Hab. : l'île de Socotora (Recluz).

157. C. CANDIDUM. Sow.

Hab. : ....

158. C. MELANOSTOMUM.

C. melanostoma. Petit.

Hab. : ......

159. C. FASCIOLATUM.

Anim. — Inconnu.

Coq. — Trochiforme-conique, non carénée, assez épaisse, translucide, très-luisante, ombiliquée ; stries spirales apparentes près de la suture, peu apparentes vers le milieu du dernier tour, nulles sous la coquille, assez espacées, légèrement sinueuses : longitudinales apparentes, très-fines, serrées, égales, obliques ; ouverture arrondie, pointue vers le haut ; suture......; péristome subcontinu, simple, peu épais, un peu évasé, bord columellaire seul réfléchi, situé dans un plan oblique à l'axe.

Blanc avec une bande et trois lignes brunes visibles à l'intérieur ; péristome blanc.

Hauteur ? mm. — Largeur 22mm.

Operc. — Inconnu.

Hab. :..... (ma collection).

Obs. : Je n'ai eu cette coquille que cassée, et il m'a été impossible de voir les premiers tours de la spire.

160. C. CHLATRULUM. Recluz.

C. Clathratulum. Sow.

Hab. : l'Yemen (Recluz).

161. C. POLITUM. Sow.

Hab. :......

162. C. ARTHURII. Gratel.

β. *albidum* (var. b. Gratel).

Hab. : Ceylan.

163. C. ORTIX. D'Orb.

Hab. : les îles Seychelles (Sow.).

164. C. SARRATINUM.

Anim. — Inconnu.

Coq. — Trochiformo-conique, très-ventrue, multicarénée, peu aiguë, assez épaisse, point luisante, ombiliquée; stries spirales remplacées par des carènes aiguës assez largement espacées, quelquefois séparées par d'autres plus fines; stries très-fortement marquées dans l'ombilic : longitudinales peu apparentes, très-fines, très-égales et régulièrement distantes; ouverture ovoïde, à peine aiguë vers le haut, oblique à l'axe; péristome continu, peu épais, simple, ayant le bord columellaire seul évasé et le bord extérieur avancé.

Jaune brunâtre avec le sommet fauve, et l'ombilic blanchâtre ; carènes concolores ; péristome blanc.

Quatre tours et demi de spire très-convexes, le dernier plus haut que tous les autres réunis.

Hauteur 13ᵐᵐ. — Largeur 13ᵐᵐ.

Operc. — Aplati, épais, calcaire, blanchâtre avec le dernier tour noir ; trois tours de spire bien marqués et une impression circulaire au centre ; enfoncé dans la coquille.

Hab. :........ (ma collection).

Obs. : sur le dernier tour deux carènes paraissent plus saillantes que les autres.

165. C. Simonianum.

Anim. — Inconnu.

Coq. — Trochiforme-conique, ventrue, non carénée, assez aiguë, mince, fort translucide, très-luisante, perforée ; stries spirales nulles : longitudinales peu apparentes, très-fines, obliques, également et élégamment rapprochées, nulles vers le sommet ; ouverture presque ronde, à peine pointue vers le haut ; péristome subcontinu, peu épais, peu évasé, réfléchi, très-étroit.

Jaune verdâtre clair, premiers tours d'un blanc léger, sommet jaunâtre ; péristome blanc, laiteux, cette couleur s'étendant sur une petite portion de l'intérieur du dernier tour.

Cinq tours de spire très-convexes ; le dernier plus haut que tous les autres réunis.

Hauteur 11ᵐᵐ. — Largeur 11ᵐᵐ.

Operc. — Inconnu.

Hab. :........ (ma collection).

Obs. : cette coquille, presque transparente, laisse apercevoir l'axe columellaire, quand on l'expose au jour.

166. C. vitreum. non Drap.

C. vitrea. Lesson. — C. lutea. Quoy et Gaim.

Hab. : la Nouvelle-Guinée (Lesson) ; la Nouvelle-Irlande (Hinds) ; les Moluques à Bourou (Quoy).

167. C. Novæ-Hiberniæ. Quoy et Gaim.

Hab. :........

168. C. NITIDUM. Sow.

β. *semiornatum* (Sow. fig. 226).

γ. *inornatum* (Sow. fig. 225).

Hab. : les îles de Guimaras et de Zébu (Cum.).

169. C. LUTEOLABRE.

C. luteostoma. Sow.

Hab. : l'île de Guimaras, et l'île de Panay à Dingle (Cum.).

170. C. MOQUINIANUM.

Anim. — Inconnu.

Coq. — Trochiforme, très-ventrue, non carénée, très-pointue, un peu épaisse, glabre, légèrement luisante, ombiliquée ; stries spirales très-peu visibles, extraordinairement fines, assez inégalement rapprochées ; longitudinales très-peu apparentes ; suture profonde ; ouverture un peu oblique, très-grande, ronde, à peine aigue vers le haut ; péristome subcontinu, épais, double, tranchant, peu évasé, très-réfléchi, non avancé, ayant le bord columellaire tronqué.

D'un rose vif, un peu blanchâtre au bord extérieur et dans les sutures.

Cinq tours de spire extrêmement convexes, le dernier plus haut que tous les autres réunis.

Hauteur 11ᵐᵐ. — Largeur 12ᵐᵐ.

Hab. :........ du voyage de la Zélée (la collection de M. Moquin).

Obs. : le péristome intérieur est très-mince, et de la même couleur que la coquille ; le péristome extérieur paraît au contraire très-large, un peu auriculé, très-aplati et blanchâtre.

171. C. LEPIDUM.

Anim. — Inconnu.

Coq. — Conique, ventrue, subcarénée, aigue, assez mince et luisante, très-étroitement ombiliquée ; stries spirales peu apparentes, très-égales, très-fines, droites, également et élégamment rapprochées : longitudinales plus apparentes, très-obliques, fines et serrées ; suture médiocrement profonde ; ouverture presque ronde, peu aiguë vers le haut, située dans un plan très-oblique à l'axe columellaire ; péristome interrompu, peu épais, non évasé, subitement réfléchi, ayant le bord columellaire un peu rebordé, et la portion réfléchie très-plate.

Verdâtre, avec deux bandes d'un brun roux, dont l'une se prolonge dans l'ouverture, et l'autre sur l'avant-dernier tour ; premiers tours d'un brun roux clair ; péristome blanchâtre.

Cinq tours de spire convexes, le dernier plus haut que tous les autres réunis.

Hauteur 12^{mm}. — Largeur 12^{mm}.

Operc. — Inconnu.

Hab. : .... (ma collection).

Obs. : le dernier tour présente six à sept petites carènes très-aiguës, concolores au reste de la coquille, dont l'une suit la suture, et trois autres se prolongent sur les tours supérieurs ; le sommet est lisse.

172. C. LABIOSUM.

Anim. — Inconnu.

Coq. — Trochiforme-conique, très-ventrue, avec quatre petites carènes peu saillantes, mince, translucide, très-luisante, ombiliquée ; stries spirales apparentes, très-fines, très-égales, droites, également et élégamment rapprochées : longitudinales peu apparentes, plus marquées autour de l'ombilic, obliques ; suture profonde ; ouverture oblique, très-grande, arrondie, peu aiguë vers le haut ; péristome interrompu, peu épais, peu évasé, très-réfléchi, très-large, rebordé.

Blanc, avec des lignes longitudinales presque perpendiculaires aux stries d'accroissement d'un brun légèrement jaunâtres, et une ligne de même couleur sous la dernière carène ; intérieur du dernier tour d'un blanc transparent ; péristome blanc lacté.

Cinq tours de spire très-convexes, le dernier plus haut que tous les autres réunis.

Hauteur 20ᵐᵐ. — Largeur 20ᵐᵐ.

Operc. — Inconnu.

Obs. : la carène inférieure qui occupe le milieu du dernier tour paraît plus saillante que les autres.

173. C. PAPILLONACEUM.

Anim. — Inconnu.

Coq. — Trochiforme-conique, très-ventrue, non carénée, aiguë, très-mince, translucide, très-luisante, perforée ; stries spirales peu apparentes, égales, minces, finement ondulées, également rapprochées : longitudinales très-peu apparentes, très-fines ; suture profonde ; ouverture grande, presque ronde, à peine pointue vers le haut ; péristome subcontinu, peu évasé, réfléchi, ayant le bord columellaire rebordé, aplati, peu avancé.

Fauve brunâtre clair, finement marbré de blanc, avec deux zônes blanches variées de brun roux, l'une se prolongeant au-dessus de la suture, et l'autre la bordant inférieurement ; péristome blanc.

Cinq tours et demi de spire très-convexes, le dernier plus haut que tous les autres réunis.

Hauteur 18ᵐᵐ. — Largeur 18ᵐᵐ.

Operc. — Inconnu.

Hab. :........ (ma collection).

Obs. : les zônes blanches n'existent que sur les deux derniers tours ; les premiers sont d'un jaune brun et fort transparents. La marbrure est beaucoup plus large à l'extrémité supérieure du dernier tour.

174. C. AMBRINUM.

Anim. — Inconnu.

Coq. — Trochiforme-conique, ventrue, subcarénée, aiguë, très-mince, presque transparente, luisante, perforée ; stries spirales peu apparentes, droites, très-fines, très-égales, également rapprochées : longitudinales très-fines, peu apparentes, plus marquées sur l'avant-dernier tour ; ouverture grande, presque ronde, à peine aiguë vers le haut ; péristome interrompu, très-mince, évasé, réfléchi, avancé.

D'un brun verdâtre, avec plusieurs bandes spirales étroites, blanchâtres, et la partie inférieure du dernier tour plus clair ; péristome brun.

Cinq tours et demi de spire très-convexes, le dernier plus haut que tous les autres réunis.

Hauteur 14mm. — Largeur 14mm.

Opérc. — Inconnu.

Hab. :........ (ma collection).

175. C. PERPLEXUM. Sow.

Hab. : Abulug (Cum.).

176. C. PANAYENSE. Sow.

Hab. : l'île de Panay à Dingle (Cum.).

177. C. INSIGNE. Sow.

Hab. : l'île de Mindoro à Calapan (Cum.).

178. C. IMMACULATUM.

Turbo immaculatus. Chemn. — Cyclostoma lœve. Gray.

Hab. : l'île de Luçon (Smith.).

179. C. CONCINNUM. Sow.

Hab. : Bohol, Mindanao, Camiguing (Cum.).

180. C. STAINFORTHII. Sow.

β. album (Sow. fig. 217).

Hab. : les îles Philippines (Cum.).

181. C. HELICOIDE.

C. helicoïdes. Gratel. non Sow.

Hab. : les Philippines à Manille (Gratel.).

182. C. GONIOSTOMA. Sow.

β. *lutescens* (Sow. fig. 234).

Hab. : l'île de Mindanao à Cagayan (Cum.).

183. C. PILEUS. Sow.

Hab. : Sinait et Saint-Juan (Cum.).

184. C. FIBULA. Sow.

β. *lilacinum* (Sow. fig. 240).

γ. *albescens* (Sow.). fig. 241).

Hab. : l'île de Luçon (Cum.).

§ 5. CYCLOPHORUS.

Genre Cyclophorus. Montf. (1810). — Cyclostoma sectio Cyclophorus.
Menke (1830).

Coq. — Subdéprimée; longueur plus courte que la
largeur; opercule aplati.

185. C. TURBO. Sow.

Trochus Turbo. Chemn.

Hab. : l'île de Sumatra (Sow).

186. C. GUIMARASCENSE. Sow.

Hab. : l'île de Guimaras (Cum.).

187. C. RUFESCENS. Sow.

Hab. : la Martinique (Powis).

188. C. EXARATUM.

Anim. — Inconnu.

Coq. — Trochiforme-conique , aplatie , multicarénée, un peu
aiguë , épaisse , non luisante , largement ombiliquée ; stries
spirales remplacées par de petites carènes aiguës, assez égales

et également rapprochées : longitudinales très-fines ; ouverture presque ronde, un peu pointue vers le haut ; péristome continu, peu épais , ni évasé, ni réfléchi, peu avancé.

Blanchâtre ; sommet brun ; péristome concolore.

Cinq tours de spire très-convexes, le dernier beaucoup plus haut que tous les autres réunis.

Hauteur 10^{mm}. — Largeur 14^{mm}.

Operc. — Mince , corné , brunâtre.

Hab. :....... (ma collection).

189. C. COMPRESSUM. Gray.

Turbo compressus. Wood. — Cyclostoma Lincinella. Lam. — C. Lincina. Encycl. — C. Lincinellum. Sow.

Hab. : la Jamaïque (Lam.).

190. C. PARVUM. Sow.

Hab. : l'île de Zébu (Cum.).

191. C. UMBILICATUM. Moq. inéd.

Anim. — Inconnu.

Coq. — Trochiforme , en cône très-évasé, non carénée, très-pointue, assez mince, glabre, luisante, largement ombiliquée ; stries spirales presque nulles sous la coquille, très-apparentes égales et serrées près de la suture : longitudinales apparentes, presque nulles sous la coquille, très-fines et très-serrées, moins rapprochées sur la partie supérieure qui paraît presque cancellée ; suture profonde ; ouverture oblique, assez grande, ronde , un peu pointue vers le haut ; péristome interrompu, simple , pas plus épais que le reste de la coquille, évasé, un peu réfléchi inférieurement et sur le bord columellaire, très-avancé.

D'un jaune violet un peu jaunâtre ; sommet jaune ; intérieur de l'ouverture et du péristome blanchâtre.

Cinq tours de spire très-convexes ; le dernier oblique ; rentrant sous la coquille, pas plus haut que tous les autres réunis.

4

Hauteur 10mm. — Largeur 12mm.

Opcrc. — Inconnu.

Hab. : .... (la collection de M. Moquin).

Obs. : recueilli par M. Reeve.

192. C. SPURCUM.

C. spurca. Gratel.

Hab. : Bombay? (Gratel.).

193. C. MEGACHEILUS. Sow.

Hab. : ....

194. C. PILOSUM. Beechey.

C. Terveriana. Gratel.

Hab. : les Indes orientales (Sow.) ; Madagascar (Duisabo).

195. C. SEMISTRIATUM. Sow.

Hab. : ....

196. C. STRAMINEUM. Reeve.

Hab. : les Andes Colombiennes près Mérida (Reeve).

197. C. INCONSPICUUM. Sow.

Hab. : ....

198. C. CLAUSUM. Sow.

Rab. : l'Yemen (Powis).

199. C. TRANSLUCIDUM. Sow.

Hab. : le Brésil.

200. C. ABEILLEI. Gratel.

Hab. : Madagascar (Gratel.).

201. C. CORRUGATUM. Sow.

Hab. : la Jamaïque (Sow.).

202. C. Jamaicense. Gray.

Turbo Jamaicense. Chemn. — C. corrugatum. Menke.

Hab. : la Jamaïque (Chemn.).

203. C. cingulatum. Sow.

Hab. : la Nouvelle-Grenade (Powis).

204. C. linguiferum. Sow.

Hab. : l'île de Bohol (Cum.).

205. C. Lonelii. Math.

Hab. : fossile du terrein lignite du Var (Math.).

206. C. heliciforme.

C. heliciformis. Math.

Hab. : fossile du terrein d'eau douce de Baux (Math.).

207. C. validum. Sow.

Hab. : les îles Philippines (Cum.).

208. C. albicans. Sow.

β. *hypochroma* (Sow. fig. 112).

γ. *decoloratum* (Sow. fig. 110).

Hab. : ....

209. C. brachyotis.

Anim. — Inconnu.

Coq. — Trochiforme , très-ventrue , non carénée , sommet mamelonné , assez épaisse , un peu luisante , étroitement ombiliquée ; stries spirales très-peu apparentes , plus visibles en dessus de la coquille , égales , assez fines ; également rapprochées : longitudinales peu apparentes , très-fines , obliques à l'axe columellaire ; suture assez profonde ; ouverture très-grande , ovale-arrondie , peu ou pas pointue vers le haut ; péristome subcontinu , épais , évasé , non réfléchi , ayant le bord columellaire seul réfléchi et rebordé.

D'un fauve roux foncé, avec des lignes irrégulières blanches rayonnant de la suture; péristome jaune orangé; région ombilicale blanchâtre.

Quatre tours et demi de spire, le dernier beaucoup plus haut que tous les autres réunis.

Hauteur 27mm. — Largeur 34mm.

Operc. — Inconnu.

Hab. : .... (ma collection).

Obs. : cette coquille présente de petites lignes spirales saillantes sur la partie supérieure du dernier tour.

210. C. CONSPURCATUM.

Anim. — Inconnu.

Coq. — Trochiforme-conique, très-ventrue, non carénée, assez aigue, médiocrement épaisse, largement ombiliquée; stries spirales très-apparentes, presque nulles au sommet, égales, assez fines, également rapprochées : longitudinales peu visibles, nulles au sommet, égales, extrêmement fines et serrées, un peu obliques; suture médiocrement profonde; ouverture un peu oblique, médiocrement grande, ronde, à peine pointue vers le haut; péristome subcontinu, peu épais, évasé, réfléchi près de l'ombilic, peu avancé.

D'un brun-rouge foncé, plus clair vers le sommet; péristome concolore, et l'extrémité de l'intérieur du dernier tour d'un marron foncé.

Cinq tours et demi de spire très-convexes, le dernier plus haut que tous les autres réunis.

Hauteur 18mm. — Largeur 25mm.

Operc. — Inconnu.

Hab. : Madagascar ?

211. C. AQUILUM. Sow.

Hab. : Singapore (Cum.).

212. C. PERDIX. Sow.

β. *jaspideum* (Sow fig. 127).

Hab. : ......

213. C. ACUTIMARGINATUM. Sow.

Hab. : l'île de Samar à Catbalonga (Cum.).

214. C. CILIATUM. Sow.

Hab. : l'île de Luçon (Cum.).

215. C. LINGULATUM. Sow.

Hab. : les îles Siquijol, Zébu et Bohol (Cum.).

216. C. TUBA. — ? Zool. proc.

Hab. : Malacca (Cum.).

217. C. CANALIFERUM. Sow.

C. Gironnieri. Soul.

Hab. : les îles de Luçon et de Burias (Cum.).

218. C. IRRORATUM. Sow.

Hab. : la Chine (Sow.).

219. C. PLEBEIUM. Sow.

Hab. : l'île de Luçon ; près Calaumay (Cum.).

220. C. PAPOUA. Quoy et Gaim.

Hab. : la Nouvelle-Guinée au port Dorey (Quoy).

221. C. CORNU-VENATORIUM. Sow.

Helix Cornu-venatorium. Gmel.

Hab. : le Sénégal ? (Lam.).

222. C. DISTOMELLA. Sow.

Hab. : Timor (voyage de la Zélée).

223. C. MUCRONATUM. Sow.

Hab. : l'île de Luçon à Calauang (Cum.).

224. C. EXIGUUM. Sow.

Hab. ....

225. C. SUBSTRIATUM. Sow.

Hab. : l'île de Siquijor (Cum.)

226. C. MEXICANUM. Menke.

Helix Cyclostoma. Mus. Berl. ex Menke.

Hab. : le Mexique près Papontla (Schiede).

227. C. COQUANDII. Math.

Hab. : les terreins à gypse des environs d'Aix (Math.).

228. C. ASPERULUM. Sow.

Hab. ....

229. C. OCULUS-CAPRI. Sow. monogr.

Helix Oculus-capri. Wood. — Cyclostoma Volvulus. Lam. (partim.) — C. Rafflesii. Sow. Zool. journ.

β. *inflatum.*

Hab. : Sumatra (Raffles).

230. C. VITTATUM. Sow.

Hab. : Madagascar (Caldwell).

231. C. INVOLVULUS. Sow.

Helix Involvulus. Müller. — Turbo Volvulus. Chemn. — Cyclostoma Volvulus. Lam. (partim.)

Hab. : l'Inde (Sow.).

232. C. SEMISULCATUM. Sow.

Hab. ....

233. C. SERPENTINUM.

C. Volvulus. Lam. (partim).

Anim. — Inconnu.

Coq. — Trochiforme-aplatie, non carénée, sommet mamelonné, épaisse, non luisante, assez largement ombiliquée ; stries spirales très-apparentes, assez égales, peu fines, droites, assez rapprochées : longitudinales peu apparentes, très-fines, serrées ; suture médiocrement profonde ; ouverture circulaire, dans un plan oblique à l'axe ; péristome presque continu, épais, multiple, évasé, ayant le bord columellaire légèrement réfléchi, l'extrémité supérieure du bord externe se prolongeant un peu sur l'avant-dernier tour.

D'un brun un peu roussâtre, variée de taches blanches irrégulières, avec une bande de même couleur mal déterminée sur le dernier tour ; région ombilicale d'un blanc jaunâtre ; péristome et presque tout l'intérieur du dernier tour, d'un blanc lacté.

Cinq tours de spire très-convexes, le dernier trois fois plus haut que tous les autres réunis.

Hauteur 25ᵐᵐ. — Largeur 36ᵐᵐ.

Operc. — Inconnu.

Hab. :...... (ma collection).

Obs. : Un individu de cette espèce se trouve au muséum de Paris, confondu avec le *C. Volvulus. Lam.* L'espèce décrite par cet auteur en comprend quatre bien distinctes.

234. C. FLAMMATUM. Coll. Moquin.

Hab. :...... (la collection de M. Moquin).

235. C. LUZONICUM. Sow.

Hab. : l'île de Luçon (Smith et Cum.).

236. C. CUVIERIANUM. Petit.

β. occlusum.

γ. unicarinatum.

Hab. : Madagascar (Petit).

237. C. DELICIOSUM. Fér.

Hab. :

§ 6. ANNULARIA.

Genre Annularia. Schum. (1817). — Cyclostoma sectio Annularia. Menke (1830). — Pterocyclos. Bens.

Coq. — Aplatie, longueur beaucoup plus courte que la largeur ; opercule aplati.

238. C. MOULINSII. Grател.

C. Desmoulinsii. Sow.

Hab. : Madagascar (Duisabo).

239. C. CARINIFERUM. Sow.

Hab. : l'île de Diego ?

240. C. LESPESIANUM.

Anim. — Inconnu.

Coq. — Trochiforme-aplati, multicarénée, assez aiguë, peu épaisse, un peu translucide, largement ombiliquée ; stries spirales remplacées par de petites lignes filiformes assez largement espacées, qui occupent l'intervalle compris entre deux carènes consécutives ; longitudinales peu apparentes, devenant tout à coup très-enfoncées autour de la suture, très-fines, également rapprochées ; suture peu profonde ; ouverture ovale-arrondie, un peu pointue vers le haut ; péristome subcontinu, pas plus épais que le reste de la coquille, évasé, réfléchi, ayant le bord columellaire replié en dehors, l'extrémité du bord latéral supérieur se prolongeant un peu sur l'avant-dernier tour.

Fauve, avec une bande brune sur le dernier tour, cette bande étant beaucoup plus apparente à l'intérieur ; plusieurs petites lignes brunes intérieures peu apparentes, se prolongeant sur le péristome où elles sont plus visibles; péristome rouge orangé luisant.

Cinq tours et demi de spire très-convexes, le dernier trois à quatre fois plus haut que tous les autres réunis.

Hauteur 20ᵐᵐ. — Largeur 34ᵐᵐ.

Operc. — Calcaire, blanchâtre, présentant beaucoup de tours de spire peu distincts et un sillon marginal analogue à la gorge d'une poulie.

Hab. .... (ma collection).

Obs. : cette espèce présente un grand nombre de petites carènes aiguës, fort espacées autour de la ligne médiane du dernier tour, nulles près de la suture et se transformant progressivement en sillons sous la coquille ; ces sillons diminuent en s'approchant de l'ombilic où ils finissent par se transformer en stries assez fines; l'ombilic permet d'apercevoir trois tours et demi de spire.

241. C. Cumingii. Sow.

Hab. : l'île de Tumaco (Cum.).

242. C. giganteum. Gray.

Hab. : la Colombie occidentale près Salango (Cum.).

243. C. Inca. D'Orb.

C. Columbiensis. Fer. — C. Blanchetianum. Moric.

Hab. : la Bolivie (D'Orb.); le Brésil (Blanchet).

244. C. depressum.

Anim. — Inconnu.

Coq. — Fortement déprimée, multicarénée, sommet saillant, non luisante, très-largement ombiliquée; stries spirales remplacées par de petites carènes décroissant et se rapprochant progressivement à partir de la ligne médiane du dernier tour :

longitudinales peu apparentes, plus visibles dans l'ombilic et près de la suture, inégales, inégalement espacées ; suture profonde ; ouverture circulaire, située dans un plan très-oblique à l'axe ; péristome non évasé, réfléchi, large, ayant le bord columellaire étroit, la partie extérieure portant une gouttière profonde dont le bord extérieur est plus avancé que le bord intérieur, extrémité supérieure externe ne se prolongeant pas sur le dernier tour.

D'un brun marron ; carènes blanchâtres ; péristome continu.

Quatre tours et demi de spire très-arrondis.

Hauteur 9^{mm}. — Largeur 18^{mm}.

Operc. — Inconnu.

Hab. :........ (ma collection).

Obs. : les petites carènes se prolongent sur la partie extérieure du péristome, qui présente une surface parallèle à celle du dernier tour ; cette surface diminue progressivement de largeur, de la suture à la partie inférieure de la coquille.

245. C. CORNU-PASTORIS. Lam.

Hab. : fossile à Grignon (Lam.).

246. C. ORBELLA. Lam.

Hab. :......

247. C. SOLARIUM. Math.

Hab. : fossile du Var (Math.).

248. C. BRASILIENSE. Sow.

Hab. : Rio-de-Janeiro (Sow.).

249. C. PUSILLUM. Sow. non Fér.

Hab. : les îles de Luçon et de Negros (Cum.).

250. C. DISTINCTUM. Sow.

Hab. : l'ouest de la Colombie, à la baie de Montija (Cum.).

251. C. suturale. Sow.

Hab. : Demerara (Bainbridge).

252. C. discoideum. Sow.

Hab. : Demerara (Sow.)

253. C. litidion. Sow.

Hab. : l'Yémen (Powis).

254. C. bilabiatum. Sow.

Pterocyclos bilabiatus. Benson ex Sow.

Hab. : Salem près Madras (Heath).

255. C. stenostoma. Sow.

Hab. : l'Arabie (Powis).

256. C. maculosum, Sow.

Hab. :........ (la collection de M. Cuming).

257. C. planorbulum. Sow. non Lam.

Hab. : les îles Philippines (Cum.); le Bengale (Sow.).

258. C. spiruloides. Lam.

Hab. : fossile à Grignon (Lam.).

§ 7. STEGANOTOMA.

Genre Steganotoma, Trosch. — Spiracula, plerumque auctorum, ex Sow.

Coq. — Aplatic ; longueur beaucoup plus courte que la largeur ; bord extérieur avec une échancrure relevée

en forme de canal ou une gouttière rostriforme, opercule en godet (1).

259. C. Petiverianum. Gray.

Operc. — Brun foncé concave à l'intérieur, à l'extérieur fila-
menteux.

Hab. : ......

260. C. spiraculum. Sow.

β. fulguratum (Sow. fig. 273).

Hab. : l'Inde (Stainforth).

261. C. fissilabrum.

Steganotoma fissilabrum. Torch.

Hab. : l'Inde (Lamare Picquot.).

§ 8. ESPÈCES DOUTEUSES.

262. C. abbreviatum.

C. abbreviata. Math.

Hab. : fossile des couches moyennes du terrain lignite des
environs de Velaux (Math.).

263. C. ambiguum. Menke.

C. ambigua. Lam.

Hab. : ......

264. C. Bonellii.

C. decussatum, Bon. ex E. Sismonda.

Hab. : fossile du Piémont (E. Sismonda).

(1) Quand les animaux des espèces qui composent cette section
seront connus, peut-être faudra-t-il maintenir le genre *Steganotoma* ?

265. C. BREVILABRUM.

Pomatias brevilabrum. Parr. ex Villa.

Hab. : la Croatie (Villa).

266. C. CANCELLATUM.

C. cancellata. Gratel.

Hab. : fossile de Dax (Gratel.).

267. C. CINCINNATENSE.

C. Cincinnatensis. Lea.

Hab. : l'Amérique.

268. C. COLUMNA. Wood.

Hab. :.......

269. C. CROCATUM. Fér. ex Villa.

Hab. : Madagascar (Villa).

270. C. DISJUNCTUM.

C. disjuncta. Math.

Hab. : fossile des terreins d'eau douce de Baux, et des couches moyennes du terrein d'eau douce de Mons, dans le Var (Math.).

271. C. LINEOLATUM.

C. lineolata. Lam.

Hab. : les Antilles (Lam.).

272. C. MACROSTOMUM.

C. macrostoma. Lam.

Hab. : fossile à Grignon (Lam.).

273. C. MURRHINUM. Menke.

Hab. :......

274. C. ORIENTALE. Ziegl. ex Villa.

Hab. : la Syrie (Villa).

275. C. PARREYSSI.

Pomatias bilabiatum. Parr. ex Villa.

Hab. : la Dalmatie (Villa).

276. C. PROMINULUM.

C. prominula Fér. ex D'Orb.

Hab. : Rio-de-Janeiro (D'Orb.).

277. C. PUNCTULATUM. Fér. ex Villa.

Hab. : Cuba (Villa).

278. C. RUDE. Ziegl. ex Menke.

Hab. :......

279. C. STRIATUM. Menke.

Hab. :......

280. C. SUBCARINATUM. Michelotti ex Sism.

Melania... Bonelli et E. Sismonda.

Hab. : fossile du Piémont (E. Sismonda).

281. C. TURGIDULUM. Ziegl. ex Villa.

Hab. : la Croatie (Villa).

282. C. VARIABILE. Desh. Dict. class. Hist. nat. t. 5, p. 233.

C. variabilis. Desh. Dict. class. Hist. nat. fig.

Hab. : l'Afrique (Delalande).

ESPÈCES À EXCLURE.

C. ACHATINUM. Drap. == Paludina achatina. Mich.

C. ACUTUM. Drap. == Paludina acuta. Desh.

C. ANATINUM. Drap. == Paludina thermalis. Desh.

C. BREVE. Drap. == Paludina brevis. Mich.

C. BULIMOIDES. Oliv. non Math. == Paludina bulimoides. Lam.

C. CARINATUM. Oliv. == Ampullaria carinata. Lam.

C. CONTECTUM. Mill. == Paludina vivipara. Lam.

C. GIBBUM. Drap. == Paludina gibba. Mich.

C. IMPURUM. Drap. == Paludina tentaculata. Desh.

C. OBTUSUM. Drap. == Valvata piscinalis. Lam.

C. PLANORBULA. Lam. non Sow. == (à exclure ex Desh.).

C. PUPINIFORME. Sow. == Pupina Sowerbyi. Nobis.

C. PUSILLUM. Fér. non Sow. == Paludina acuta. Desh.

C. PYGMÆUM. Mich. == Paludina Moquiniana. Nobis.

C. PYGMÆA Fér. (fossile). == Paludina pygmæa. Desh.

C. SIMILE. Drap. non Gray. == Paludina similis. Mich.

C. TRUNCATULUM. Drap. == Truncatella truncatula. Risso.

C. TURRITELLATA. Lam. (fossile). = Scalaria turritellata.
Desh.

C. UNICOLOR. Oliv. = Paludina unicolor. Lam.

C. VIRIDE. Drap. = Paludina viridis. Lam.

C. VITREUM. Drap. = Paludina vitrea. Menke.

C. VIVIPARUM. Drap. = Paludina vivipara. Lam.

CATALOGUE

PAR

ORDRE ALPHABÉTIQUE.

ERRATA MAJORA.

Pag.	ligne.		
7.	5.	pour polytechnique	lisez polytechnique
12-13.	17-18.	Trochet	Troschel.
20.	27.	cremulatum.	crenulatum.
22.	17.	Braun. ined.	Braun. ined.
23.	30.	CHLOROSTOMA. Sow.	CHLOROSTOMUM.
			C. chlorostoma Sow.
24.	27.	Guaim.	Gaim.
26.	2.		C. auriculare Griff.
			ex Villa.
32.	24.	TYSANORAPHE.	THYSANORAPHE.
36.	16.	PYROSTOMA. Sow.	PYROSTOMUM.
			C. pyrostoma Sow.
39.	2.		C. Madagascariense.
			Griffith. ex Villa.
48.	1.	GONIOSTOMA.	GONIOSTOMUM.
			C. Goniostoma Sow.
49.	16.	UMBILICATUM.	UMBILICATUM.
51.	16.	hypochroma.	hypochromum.
59.	10.	STENOSTOMA.	STENOSTOMUM.
			C. stenostoma. Sow.
60.	11.	Troch.	Trosch.